Die Farben der Lichtschatten

Eine Novelle

AF280927

Die Farben der Lichtschatten

Eine Novelle

von

Anita Adam

Bibliografische Information der Deutschen Nationalbibliothek: Die Deutsche Nationalbibliothek verzeichnet diese Publikation in der Deutschen Nationalbibliografie; detaillierte bibliografische Daten sind im Internet über dnb.dnb.de abrufbar.

Herstellung und Verlag:
BoD – Books on Demand, Norderstedt

ISBN: 9783757847173

1

Ich wache an diesem Sonntagmorgen mit Kopfschmerzen in meiner kleinen Einzimmerwohnung auf. Ich wohne alleine mit meinem schwarzen Kater Mephisto in einer eher bescheidenen Gegend. Meine Wohnung liegt in einem großen Wohnblock, wo die unterschiedlichsten Persönlichkeiten zusammenleben. Ich kenne meine Nachbarn kaum, nur die eine alleinstehende Nachbarin, Rebecca Winter, die drei Wohnungen weiter links den Gang entlang wohnt. Irgendwie sind wir mal vor dem Müllraum ins Gespräch gekommen und haben uns mit der Zeit angefreundet. Die anderen Nachbarn kenne ich sonst nur vom Sehen.

Mein schwarzer Kater Mephisto springt auf mein Bett und schaut mich erwartungsvoll an. Seine liebevollen Tritte auf meiner Bettdecke sollen mir signalisieren, dass es nun Zeit für mich ist aufzustehen und ihm sein Frühstück vorzubereiten. Es ist nun mal so, Hunde haben Herrchen und Katzen Personal.

Ich stehe also auf und gehe ins Bad, um mich für den Tag fertigzumachen. Ich schaue in den Spiegel und betrachte mein müdes Gesicht. Die Augenringe verdeutlichen mir den Schlafmangel der vergangenen Nacht. Ich greife Richtung Zahnputzbecher. Wo ist nur meine Zahnbürste hin? Ich suche sie, kann sie aber nirgends finden. Es ist für mich nicht untypisch, dass ich Sachen verlege; diese Schusseligkeit scheint mir in die Wiege gelegt worden zu sein.

Ich bin gefühlt immer auf der Suche nach Dingen, Ereignissen und, oftmals habe ich das Gefühl, auch nach mir selbst. Andererseits überraschen mich oft Situationen und fremde Gegenstände in meiner Wohnung. Ich glaube, ich kenne tatsächlich niemanden, der so verplant ist.

Aber wo ist denn jetzt nur diese Zahnbürste? Ich gebe auf und nehme mir eine neue aus dem Badezimmerschrank. Zum Glück habe ich mir da einen kleinen Vorrat angelegt, sodass ich immer ausgerüstet bin, falls mal wieder etwas verschwindet. Mein Kater schmiegt sich um meine Beine und miaut. Er möchte, dass ich schneller bin. Wenn er nur wüsste, was für eine Überwindung schon das Zähneputzen für mich bedeutet. Jede Bewegung fällt mir so schwer, als hätte ich mindestens einen Sack Blei um meine Schultern gelegt. Als ich endlich fertig bin, gehe ich in die Küche und mache mir erstmal einen Kaffee. Zwei schwarze Knopfaugen fixieren mich dabei.

„Ja Mephisto, du bekommst jetzt auch endlich dein Frühstück", sage ich zu meinem Kater, während ich ihm etwas in seinen Napf gebe. Damit hätte ich meine erste Pflichtaufgabe für heute erledigt.

Angestrengt überlege ich, was heute noch ansteht und bereite mir dabei mein Frühstück zu.

Ich schaue in meine Müslischale und spüre eine undefinierbare Veränderung. Mir ist leicht schwindelig und die Schale wirkt plötzlich ganz anders, irgendwie bunter. Meine Gedanken sind mit einem Mal ganz klar und ich voller Elan. Das wird ein toller Tag werden. Ich nehme mir für heute eine Fahrradtour mit meiner besten Freundin Lisa vor. Ich werde sie gleich mal anrufen und fragen, ob sie heute Zeit hat. Ich ziehe mich fix um und habe das Bedürfnis vorher nochmal Zähne zu putzen. Zähneputzen nach dem Frühstück erscheint mir auf einmal wesentlich sinnvoller. Ich gehe ins Bad und wundere mich, dass eine neue Zahnbürste im Becher steht. Dabei hatte ich die alte gestern noch aus Versehen im Wohnzimmer liegen gelassen. Ich sollte nicht immer beim Zähneputzen durch die Wohnung rennen. Das ist keine gute Angewohnheit. Aber ich hatte eigentlich keine neue genommen. Vielleicht habe ich das irgendwann in der Nacht doch gemacht. Ich habe schon langsam die Vermutung, dass ich schlafwandele. Immer liegen die Sachen nicht da, wo ich mich erinnern kann, sie zuletzt hingelegt zu haben. Ich rufe jetzt bei Lisa an. Es klingelt zweimal, beim dritten Mal geht sie ran.

„Hi Lisa, wie geht es dir? Ich dachte, da das Wetter heute so schön sein soll, könnten wir vielleicht zusammen eine kleine Fahrradtour unternehmen. Hast du Zeit und Lust?"

„Hi Sarah, du bist aber gut gelaunt heute. Das freut mich. Zuletzt hattest du ja nicht wirklich Lust etwas zu machen, wolltest nicht einmal mit mir um den Block spazieren gehen."

Ich wundere mich, dass ich anscheinend vor kurzem noch lethargisch war, denn das ist eigentlich überhaupt nicht meine Art, zumindest fühlte ich mich nicht so. Wir verabreden uns für den Nachmittag und ich soll sie zu Hause mit dem Fahrrad abholen.

Als ich bei Lisas Haus ankomme, sehe ich sie schon von Weitem im Garten. Sie wohnt, im Gegensatz zu meiner Bleibe, in einem wunderschönen Haus gemeinsam mit ihrem Mann. Ich habe noch nicht mal einen Freund, aber das stört mich nicht weiter.

Die Unterschiede tun unserer Freundschaft keinen Abbruch, auch wenn wir in verschiedenen Welten beheimatet sind.

Lisa und ich kennen uns noch aus der Schulzeit. Wir lebten damals in der gleichen Gegend, lediglich drei Häuser voneinander entfernt und verbrachten die Nachmittage regelmäßig zusammen. Wir kletterten auf Bäume und klauten den Nachbarn die Früchte aus dem Garten. Ich hatte eine schöne Kindheit, soweit ich mich an sie erinnern kann.

Ich wuchs bei meiner Tante auf. Meine Eltern sind beide früh gestorben. Ich kann mich da nicht mehr daran erinnern. Es ist, als gäbe es da eine Art unsichtbare Erinnerungsmauer. Meine Geschichte beginnt für mich mit fünf Jahren. Ich glaube aber, dass das nicht unbedingt ungewöhnlich ist. Ich denke so kleine Kinder vergessen schnell. Ich habe auch nie ein Bild meiner Eltern gesehen, habe mich aber komischerweise auch nie dafür interessiert. Meine Tante war eine entfernte Verwandte von meiner Mutter. Sie hat sehr gut für mich gesorgt und war meine engste Bezugsperson. Leider ist sie dann verstorben, als ich vierzehn Jahre alt war. Danach bin ich in ein tiefes Trauerloch gefallen. Zudem musste ich dann in ein betreutes Jugendwohnheim ziehen, was sich aber in der Situation als heilsam erwies. Die Ablenkung, die neue Umgebung und Freundschaften taten mir wirklich gut. Manchmal hatte ich aber auch immer noch sehr dunkle Phasen, wo ich mich mit verschiedenen Leuten auf der Straße herumtrieb. Man sammelte mich dann regelmäßig an den ungewöhnlichsten Orten ein und so kam es, dass ich beim Jugendpsychologen vorstellig werden musste. Die konnten aber auch nichts feststellen, außer, dass ich gelegentlich an Depressionen litt.

Die Freundschaft mit Lisa hatte sich damals etwas auseinandergelebt und wir hatten uns eine Zeit lang aus den Augen verloren. Aber als ich dann schließlich in meine erste eigene Wohnung gezogen bin, habe ich sie wieder kontaktiert und seitdem sind wir unzertrennlich.

Als ich also endlich bei Lisas Haus ankomme, sieht sie mich gleich und winkt mir zu. Sie holt noch schnell ihr Fahrrad aus der Garage und dann fahren wir auch schon los.

Wir kommen an einem Eisgeschäft vorbei und beschließen uns auch ein leckeres Eis zu holen. Bei der Hitze auf jeden Fall nicht verkehrt. In dem Moment höre ich, wie ein Kleinkind fürchterlich schreit, weil ihm sein Eis zu Boden gefallen ist. Ich sehe das Kind an und in dem Moment fühle ich mich ganz komisch. Ich weiß nicht mehr, was ich hier eigentlich mache. Tränen schießen mir in die Augen und ich schaue Lisa ratlos an. Sie bemerkt sofort meine Veränderung und fragt, ob alles in Ordnung ist. Ich nehme ihre Stimme nur noch verzehrt wahr, fühle mich, als würde ich neben mir stehen, unfähig mich zu bewegen. Ich kann nur stehen und weinen, zu mehr bin ich einfach nicht imstande. Lisa versucht mich zu trösten, aber das macht es nur schlimmer. Auf einmal überkommt mich eine ungeahnte Energie und ich renne weg und laufe Richtung Straße. Ich sehe keine Autos mehr, schaue nur nach vorne und höre plötzlich ein fürchterliches Hupen und quietschende Reifen, die mich just wieder ins Hier und Jetzt katapultieren.

„Hey, was soll das? Bist du blind? Pass doch auf!", höre ich den Autofahrer durch die geöffnete Fensterscheibe rufen. Ich schaue ihn mit großen Augen an und frage mich, was er von mir will. Meine ganze Welt dreht sich und ich falle zu Boden.

In dem Moment höre ich Lisas Stimme von oben, die über mich gebeugt versucht mir zu helfen: „Sarah, Sarah, hörst du mich? Sarah, wach auf!", höre ich ihre verzweifelte Stimme immer wieder sagen. Ich öffne wieder die Augen und weiß nicht, was passiert ist. Ich war doch gerade erst in der Küche und habe mir ein Müsli zubereitet. Jetzt liege ich hier auf dem Straßenboden und unzählige Passanten stehen ringsum. Ich

verstehe das alles nicht und beginne mich zu schämen. Ich stehe auf und beruhige Lisa, dass alles in
Ordnung ist.

„In Ordnung? Du bist auf die Straße gerannt, ohne
auch nur einmal nach links oder rechts zu schauen.
Du könntest tot sein, verdammt. Was ist nur mit dir
los? Manchmal erkenne ich dich nicht wieder. Du
solltest das mal wirklich abklären lassen, denn das ist
definitiv nicht normal."

„Es tut mir leid", ist alles, was ich herausbringe in
dem Moment und es tut mir wirklich leid. Der ganze
Kummer, den ich ihr bereitet habe und der Autofahrer, dem ich einen Todesschreck eingejagt habe. Irgendwas stimmt wohl wirklich nicht mit mir. Ich
nehme mir vor, morgen nach Psychologen zu recherchieren. Ich will dem nun wirklich auf den Grund gehen. Es kann nicht nur daran liegen, dass ich ein
Schussel bin. Es muss einfach etwas Anderes dahin-
terstecken und mit einem Mal bekomme ich Angst.
Lisa begleitet mich noch nach Hause und wir verabschieden uns. Doch bevor sie geht, versichert sie sich
nochmal, ob sie mich wirklich alleine lassen kann. Ich
beruhige sie, dass alles wieder in Ordnung ist, auch
wenn ich mir das selbst in Wahrheit einzureden versuche.

2

Am nächsten Tag ist wieder Montag und somit wieder ein Arbeitstag. Ich mache mich schnell fertig und versuche noch den früheren Bus zu erwischen. Ich arbeite in einem kleinen Logistikunternehmen als Exportsachbearbeiterin. Den Job habe ich gleich nach meiner Ausbildung, von einer alten Freundin meiner verstorbenen Tante, vermittelt bekommen. Ich arbeite sehr gerne da, auch wenn ich dafür einmal quer durch die Stadt fahren muss.

Während ich im Bus sitze, lese ich meistens ein Buch. Doch an diesem Tag ist es richtig voll, sodass ich leider keinen Sitzplatz habe. Ich spüre wie sich Schweißperlen an meiner Stirn bilden und mir bei dem aufkommenden Schweißgeruch im Bus leicht übel wird. „Jetzt bloß nicht wieder zusammenklappen", denke ich mir, während ich angestrengt versuche zwischen den vielen festhaltenden Armen und Köpfen durch ein Fenster zu blicken.

Ich denke über verschiedene Sachen nach und merke wie ich wieder ein wenig weg drifte. Ich bin hier und doch nicht wirklich da, habe das Gefühl mich von außen betrachten zu können.

„Oh nein, ich habe meine Ausstiegshaltestelle verpasst", denke ich, als ich wieder richtig zu mir komme. Jetzt muss ich schnell aussteigen, bevor ich noch weiterfahre. So habe ich noch eine Chance, die zwei verpassten Haltestellen zurückzulaufen und nicht allzu viel zu spät zu kommen. Zum Glück herrscht bei uns eine weitgehend lockere Atmosphäre, sodass ich mehr oder weniger innerhalb eines bestimmten Zeitfensters Gleitzeit habe, was mir sehr entgegenkommt.

Als ich endlich im Büro ankomme, ist mein Arbeitskollege, Thorsten, schon da und winkt mir zu. Er ist schon seit zehn Jahren im Unternehmen und doppelt so alt wie ich. Auf seinem Schreibtisch steht ein Bild von seiner Frau, den zwei gemeinsamen Kindern und dem Familienhund Roger. Irgendwas an dem Bild verleitet mich immer zum Tagträumen und so bleibe ich auch an diesem Morgen daran hängen.

„Hallo Lisa, was ist denn? Träumst du etwa wieder?", höre ich noch meinen Arbeitskollegen von der Seite sagen und finde mich dann plötzlich in der Betriebsküche wieder. Ich schaue auf die Uhr und es ist kurz nach elf Uhr. Ich habe keinerlei Erinnerung an die vergangenen zwei Stunden, weiß aber noch, dass ich gegen neun Uhr im Büro angekommen bin. Was habe ich nur die letzten zwei Stunden gemacht? Und wie bin ich in die Küche gekommen?

„Lisa, bringst du uns jetzt den Kaffee oder soll ich uns einen machen?", höre ich Thorsten aus dem Büroraum rufen.

Ich antworte, dass ich komme und beschließe ihn zu fragen, ob ihm in den letzten zwei Stunden irgendwas an mir aufgefallen ist.

„Ich kann dich beruhigen. Du wirktest zwar ein biss-chen verträumt, aber das kenne ich ja schon von dir", antwortet mir Thorsten.

Ich kann ihm natürlich nicht sagen, dass ich gar nichts mehr davon weiß, zu tief sitzt die Scham. Ich be-schließe nach der Arbeit nun wirklich nach Psycholo-gen zu recherchieren. Eine körperliche Ursache kann ich ausschließen, nachdem ich bereits einen wahren Ärztemarathon hinter mich gebracht habe, bei dem nie irgendwas gefunden wurde, das diese Zustände erklären könnte.

Da ich nur in Teilzeit arbeite, ist gegen 14 Uhr Schluss für heute. Ich verabschiede mich und trete durch die schwere Glastür nach draußen, wo mich die Sonne anlacht. Ich freue mich und genieße die warmen, aber zum Glück nicht mehr zu heißen, Sommertemperatu-ren und beschließe die ersten zwei Bushaltestellen wieder zu laufen. Ein bisschen Bewegung kann ja nicht schaden. Auf einmal spricht mich ein Mann von der Seite an und fragt mich irgendwas, was ich nicht verstehen kann. Ich fühle mich nicht wohl in seiner Gegenwart und laufe schneller. Doch er lässt nicht lo-cker und redet weiter auf mich ein. Plötzlich merke ich, dass ich nur noch wie im Tunnel gehe und nichts mehr höre. Ich sehe noch wie sich sein Mund bewegt, kann allerdings nichts mehr verstehen. Als würde ich mich in einer Art Blase befinden. Ich bringe kein Wort heraus, sondern stottere nur vor mich hin und fange an zu weinen, während ich mich mittlerweile im

Laufschritt befinde. An der Haustür komme ich wieder richtig zu mir. Erneut fehlt mir die Zeit zwischen dem Mann, der mich angesprochen hat und der Haustür. Zum Glück ist er auch wieder weg. Der hatte etwas wirklich sehr Unangenehmes an sich, auch wenn ich das nur schwer benennen kann. Vielleicht war es seine Größe oder der marode Geruch – ich kann es nicht mehr sagen. Aber ich bin heilfroh, alleine wieder zu Hause zu sein. Ich öffne die Tür und Mephisto empfängt mich freudig, was mein Herz vor Freude höherschlagen lässt. Ich beschließe eine Kleinigkeit zu essen und mich dann an den Computer zu setzen. Nach einer halben Stunde am Computer, merke ich schnell, dass es gar nicht so einfach ist einen Psychologen zu finden, geschweige denn einen Ersttermin zu bekommen. Ich rufe bei den ersten fünf an und bekomme jedes Mal nur die Bandansage zu hören, dass aktuell keine neuen Patienten aufgenommen werden. Bei der letzten Psychologin höre ich den Hinweis, dass man sich alternativ an die Kassenärztliche Vereinigung wenden kann. Ich recherchiere und finde, dass es so etwas wie eine Psychotherapeutische Erstsprechstunde gibt, die wohl zeitnah vermittelt werden kann. Ich rufe also bei der Vereinigung an und bekomme tatsächlich am nächsten Tag einen Termin bei einer Psychotherapeutin in der Nähe vermittelt. Ich freue mich, dass mir nun endlich geholfen wird und beschließe mich den Rest des Tages auf den Balkon zu setzen und mein Buch weiterzulesen.

3

Ich betrete den Warteraum mit einem mulmigen Gefühl. Die Katzenuhr mit den Wackelaugen bewegt
sich fortwährend von links nach rechts und schafft
eine eigenartige Atmosphäre.
„Jetzt ist es also so weit, ich bin beim Psycho-Doc",
denke ich mir und versuche den Gedanken alsbald zu
verdrängen.
Ich nehme an einem der zwei freien Stühle Platz und
versuche mich mit einer der vorliegenden Zeitschrif-
ten abzulenken. Plötzlich geht die Behandlungstür
auf und eine hagere Frau mit eiserner Miene kommt
heraus und verlässt die Praxis.
„Frau Mai?", höre ich sodann eine Frauenstimme.
Das muss die Psychologin sein, die mich hier nun
nach meinem Namen fragt. Sie ist sehr groß und aus-
gesprochen stämmig. Ihre Augen wirken dabei sehr
freundlich, wenn auch bestimmt. Ich bejahe ihre
Frage und trete in den Behandlungsraum. Alles darin
ist sehr ordentlich eingerichtet, selbst die drei künst-
lichen Blumen in der Vase wirken nicht zufällig ge-
wählt, sondern farbentechnisch sorgfältig aufeinan-
der abgestimmt. Ich würde den Einrichtungsstil als
„clean" bezeichnen. Er spricht meinen Ordnungssinn
an, trägt allerdings nicht unbedingt zum Wohlfühlen
bei. Aber gut, ich bin hier, um etwas professionell abklären zu lassen.

Die Psychologin deutet auf den ihr gegenüberliegenden Stuhl und ich nehme darin Platz. Es handelt sich um eine typische Couch, wie man sie aus Filmen kennt. Ich bin angespannt und weiß nicht, was mich nun erwartet.

„Also Frau Mai, was darf ich für Sie tun?", fragt mich die Psychologin. Auf ihrem Namensschild draußen steht Frau Dr. Zahnheil. Sie ist definitiv keine Zahnärztin, auch wenn das wohl passender wäre.

Ich erzähle ihr also von meinen Aussetzern und Problemen im Alltag und sie notiert sich alles in ihrem Block. Ich merke wie mich das nervös macht, dass ich nicht weiß, was sie da genau aufschreibt und ich spüre wie ich der Situation wieder mal mental entgleite. Ich nehme mich plötzlich selbst als außenstehende Person in dem Raum war und betrachte mich selbst beim Reden. Im nächsten Moment ist die Stunde auch schon herum und Frau Dr. Zahnheil begleitet mich zur Tür hinaus. Was hat sie denn überhaupt gesagt? Ich weiß nicht, was ich zu tun habe. Sie drückt mir einen Zettel in die Hand und wünscht mir noch viel Kraft und Erfolg auf meinem weiteren Weg. Ich bin mindestens genauso ratlos wie vorher, wenn nicht sogar ratloser, als ich einen Blick auf den Zettel wage.

Darin steht bei Anmerkungen: „Verdacht auf posttraumatische Belastungsstörung" und weiter „dringende Empfehlung für stationäre Aufnahme zur weiteren Abklärung". Ich soll also in die Klapse damit –

das ist mein erster Gedanke und ich merke wie mich ein Angstgefühl beschleicht.

Wieder zu Hause beschließe ich, als erstes Lisa anzurufen und ihr alles zu erzählen.

„Du hast genau das Richtige getan. Ich bin stolz auf dich", sagt sie in den Hörer.

„Meinst du wirklich? Ich weiß nicht. Diese Psychologin meinte, ich sollte damit in die Psychiatrie. Ich will das nicht. Ich habe da ehrlich gesagt Angst davor."

„Sie schreibt doch nur, dass du höchstwahrscheinlich eine posttraumatische Belastungsstörung hast und das stationär abklären solltest. Sie sagt nicht, dass du damit auf die geschlossene Station kommen sollst, also beruhig dich bitte. Die Psychiatrien sind heutzutage auch nicht mehr so, wie sie früher waren. Da hat sich auch sehr viel zum Positiven verändert."

Ich höre Lisas Ausführungen, habe vor meinem inneren Auge trotzdem das Bild aus dem Film „Shutter Island" vor mir.

Nach dem Gespräch tippe ich das Wort „Posttraumatische Belastungsstörung" und danach das Wort „Klinik Hannover" bei einer bekannten Suchmaschine ein. Ich gelange auf die Seite der Medizinischen Hochschule, kurz MHH genannt, und empfinde die Seite als vielversprechend. Ich nehme mir vor, gleich morgen nach der Arbeit da anzurufen und meinen Fall zu schildern. Zumindest wirkt diese Einrichtung glaubwürdig und nicht abschreckend, was mich schon mal beruhigt.

Am nächsten Nachmittag rufe ich unter der angegebenen Telefonnummer an und eine junge Frau geht ans Telefon. Ich beschreibe ihr, dass ich in dieser Erstsprechstunde war und dass mir da der Aufenthalt in ebenso einer Einrichtung empfohlen wurde. Daraufhin will sie einen bestimmten Code von mir wissen, den ich erstmal suchen muss. Als ich ihn finde und ihr nenne, geht alles ganz schnell. Sie sagt mir, dass sie mir in den nächsten zehn Minuten mehrere Fragebögen per E-Mail schickt, die ich allesamt bis zum Vorstellungstermin in zwei Wochen ausgefüllt mitbringen muss. Als ich auflege, bin ich schon wieder total erschöpft. Das alles kommt mir sehr kompliziert vor. Auf der anderen Seite habe ich das Gefühl, dass ich mit meinen Problemen zum ersten Mal wirklich gesehen und ernsthaft wahrgenommen werde. Ich spüre, wie mich ein Hungergefühl überkommt. Wann habe ich zuletzt gegessen? Ich kann mich nicht mehr erinnern. Ich gehe in die Küche und finde die Pfanne in Flammen vor. Voller Panik lösche ich den Brand und setze mich entnervt auf den Küchenboden. So kann es definitiv nicht mehr weitergehen.

4

Zwei Wochen später betrete ich die MHH mit einem gemischten Gefühl aus Ehrfurcht und Unsicherheit. Ich weiß nicht, was mich heute erwartet und mit wem ich sprechen werde. Der Gang zur psychosomatischen Ambulanz ist unendlich lang und ich begegne vielen unterschiedlichen Gesichtern. Als ich diese endlich finde, bin ich schon fast zu spät. Ich gehe also schnell zur Anmeldung, stelle mich vor und reiche die ausgefüllten Fragebögen über die Anmeldetheke. Die Frau sagt mir, dass ich mich setzen und warten soll. Das fällt mir alles andere als leicht. Zu groß ist die Aufregung über das Bevorstehende. Ich schaue mir die andere Patientin im Wartebereich an, die seelenruhig in ihrem Buch schmökert. Ob sie auch das erste Mal hier ist? Daneben sitzt ein junger Mann mit Glatze, der wohl nervös ist, da er ständig mit seinem Fuß gegen das Stuhlbein wippt.

Plötzlich höre ich meinen Namen und werde von einer Dame in ein Zimmer geleitet, in dem sich eine junge Frau befindet. Das muss wohl die Psychologin sein – wahrscheinlich frisch von der Uni, so jung wie sie aussieht. Ich finde das grundsätzlich nicht negativ, bin allerdings nun noch etwas mehr verunsichert, ob sie denn auch wirklich genug Erfahrung für meinen Fall mitbringt. Aber das ist nur so ein doofes Vorurteil.

Sie stellt sich als Katharina Klinger vor und stellt mir auch schon die ersten relativ allgemeinen Fragen. Ich versuche alles nach bestem Wissen und Gewissen zu beantworten. Dann fordert sie mich auf, ein wenig von mir zu erzählen, von meinen Symptomen und Problemen und ich merke, dass ich teilweise gar nicht wirklich weiß, wie ich das richtig beschreiben soll. Sie scheint mich dennoch zu verstehen. Ich erzähle von meinen Aussetzern und Zeitverlusten. Als sie mich nach meiner Vergangenheit fragt, merke ich, dass ich gar nicht wirklich weiß, was ich dazu sagen soll. Ich stoße an meine Mauer des Vergessens, die mir unüberwindbar erscheint. Frau Klinger merkt das auch und macht sich ein paar Notizen. Ich wüsste gerne, was sie schreibt, frage aber nicht nach. Sie stellt mir schließlich noch ein paar für mich merkwürdige Fragen, die auch schon im Fragebogen vorgekommen sind:

„Haben Sie das Gefühl, als würde Ihnen manchmal Zeit fehlen?"

„Finden Sie öfter Gegenstände an scheinbar anderen Orten wieder?"

„Haben Sie Erinnerungslücken?"

„Haben Sie manchmal das Gefühl, dass ein Körperteil nicht zu Ihnen gehört?"

Die meisten dieser Fragen kann ich mit einem klaren „Ja!" beantworten, auf andere weiß ich wiederum keine wirkliche Antwort. Zum Schluss möchte sie noch wissen, ob ich schon mal das Gefühl hatte, dass da noch jemand anderes in mir ist. An dem Punkt merke ich, wie mir alles zu viel wird und ich weigere mich zu antworten. Ich bin doch nicht verrückt. Es ist aber tatsächlich beängstigend, wie viele richtige Punkte sie angesprochen hat. Kann es sein, dass es für diese „Krankheit" tatsächlich einen Namen gibt und es noch andere Menschen gibt, die solche Probleme wie ich haben? Etwas sträubt sich in mir dagegen. Ich habe mir allerdings geschworen, mich ernsthaft darauf einzulassen. Ich dachte nicht, dass es so schwer werden würde und ich habe wahrscheinlich noch nicht mal richtig begonnen. Gegen Ende des Gesprächs äußert sie ihre Vermutung, dass ich wohl an einer Art Identitätsstörung leide und dass man das am besten stationär behandeln kann.

„Ich muss also eingewiesen werden?", frage ich sie verunsichert.

„Nein, natürlich müssen Sie nicht. Keine Sorge, Frau Mai. Niemand zwingt Sie hier zu irgendwas. Es wäre in ihrem Fall, unserer Erfahrung nach, allerdings sehr ratsam, da wir bei Ihnen wahrscheinlich sehr intensiv in die Tiefe gehen müssen. Das ist wie gesagt unsere Empfehlung. Sie können natürlich noch darüber nachdenken und wir vereinbaren einen Telefontermin in, sagen wir einer Woche, wo Sie mir Ihren Entschluss mitteilen. Ist das in Ordnung für Sie?"

Ich weiß gar nicht, wie mir geschieht. Ich soll also eine Woche bekommen, um zu entscheiden, ob ich mich für mindestens sechs Wochen aus meinem normalen Leben verabschieden möchte. Wie soll oder besser kann ich so eine Entscheidung treffen? Was werden meine Arbeitskollegen, geschweige denn mein Chef, denken? Ich bin sehr verunsichert, willige jedoch ein. Immerhin habe ich eine Woche, um darüber nachzudenken.

Auf meine Nachfrage hin, ob man das vielleicht auch ambulant machen könnte, sagt sie nur, dass sie ambulant nicht anbieten und es alternativ nur die Möglichkeit einer Tagesklinik gäbe, wobei das in meinem Fall nicht ratsam wäre. Völlig überfordert verabschiede ich mich und fahre nach Hause.

Auf dem Weg nach Hause denke ich noch viel über das Vergangene nach und merke, wie ich mich in der U-Bahn wieder in Tagträumen verliere. Ich blicke in das schwarze Fenster und beobachte in der Spiegelung eine gewaltige Auseinandersetzung einer Mutter mit ihrer kleinen Tochter. Ich merke wie mir schwindelig wird und ich plötzlich das Gefühl habe aus meinem Körper auszusteigen. Dann verliere ich scheinbar das Bewusstsein, denn ich komme relativ unsanft auf dem Boden wieder zu mir. Was ist geschehen? Ich sehe den Schaffner über mir, der mir die Hand reicht.

„Junge Frau, Sie haben wohl vergessen auszusteigen und sind nun in der Garage. Kommen Sie, stehen Sie auf, ich helfe Ihnen hier heraus."

„Wissen Sie, wie lange ich hier schon liege? Oder was geschehen ist?"

„Dazu kann ich Ihnen leider nichts sagen. Ich gehe nach meinem Dienst immer noch eine Runde durch den Zug und kontrolliere alles, bevor ich abschließe. Da habe ich Sie gefunden."

Da fällt mir plötzlich die Überwachungskamera im Zug ein und ich spreche den Schaffner darauf an.

„Tut mir leid, aber ohne berechtigten Zugang kann ich Ihnen das Video nicht einfach so zeigen."

„Ich bitte Sie. Es ist für mich überlebenswichtig. Ich muss einfach wissen, was passiert ist, denn ich kann mich an nichts mehr erinnern."

Er mustert mich von der Seite und scheint kurz davor zu sein nachzugeben. Ich blicke ihn flehend an. Er scheint tatsächlich Mitleid mit mir zu haben.

„Na gut, ich mache eine Ausnahme. Eigentlich dürfte ich das nicht, aber Sie tun mir jetzt auch leid, dass Sie wirklich gar nichts mehr wissen. Kommen Sie mit, wir gehen ins Verkehrsbüro, da können wir die letzte Zeit begutachten."

Ich bin ganz aufgeregt. Ich werde nun zum ersten Mal sehen, was tatsächlich passiert, wenn ich das Bewusstsein verliere. Ich habe ehrlich gesagt auch etwas Angst davor, was ich da wohl zu sehen bekommen werde, aber es führt kein Weg dran vorbei.

Wir gehen ins Büro und der Schaffner setzt sich an den Rechner. Auf einmal sehe ich mich, wie ich den Zug betrete und mich hinsetze. So weit sieht alles normal aus. Die Uhranzeige steht auf 16 Uhr. Ich setze mich hin und schaue aus dem Fenster ins schwarze Nichts, als ich mich plötzlich erhebe und zu der Mutter mit dem Kind gehe. Ich erschrecke darüber, was mir die nachfolgenden Bilder zeigen: Ich lege dem fremden Kind eine Hand auf die Schulter und flüstere ihm etwas ins Ohr. Die Mutter schaut mich dabei entgeistert an und sagt etwas. Leider ist das Video ohne Tonaufzeichnung, doch ich erkenne, dass sie mir klarmacht, dass ich gehen soll. Ich schaue sie nur böse an, flüstere und kichere weiter mit dem Kind.

24

Was mache ich da nur? Und vor allem, warum mache ich das?

Ich merke wie die Mutter wütend wird, ihr Kind packt und aus dem Zug aussteigt. Ich bleibe zurück und fange an zu weinen. Ich sitze wie ein Häufchen Elend schluchzend da. Ein paar andere Fahrgäste sprechen mich an, doch ich reagiere nicht. Schließlich kommen zwei Jugendliche und belästigen mich. Bevor sie an der letzten Haltestelle aussteigen, stoßen sie mich noch zu Boden, wo ich weinend regungslos liegen bleibe. Dann fährt der leere Zug in die Garage ein und ich komme wieder zu mir. Die Uhr zeigt 17 Uhr an. Ich registriere also einen Zeitverlust von einer Stunde.

Der Schaffner schließt die Video-Aufzeichnung und schaut mich an. Ich weiß, dass er alles mitangesehen hat.

„Kennen Sie etwa das Kind?"

Ich traue mich nicht, die Wahrheit zu sagen und lüge, dass es eine Bekannte mit ihrer Tochter ist.

„Das mit den Jugendlichen tut mir leid. Warum haben Sie sich nicht gewehrt?"

Wieder weiß ich die Antwort selber nicht und lüge, dass ich mich nicht getraut habe und danach einen Schwächeanfall hatte.

Die Wahrheit ist aber, dass ich selber das, was ich eben gesehen habe, in keiner Weise einzuordnen vermag und, was noch viel schlimmer ist, keinerlei Erinnerung daran habe.

Ich bedanke mich bei dem Schaffner und rufe mir nun ein Taxi nach Hause. Für heute habe ich genug und bin nur froh, wenn ich wieder zu Hause bin.

Ich beschließe, mit Lisa zu telefonieren. Irgendwie muss ich das alles einordnen.

Am Abend klingelt es am anderen Telefonende, bevor Lisas Mann, Stefan, rangeht. Ich frage ihn, ob seine Frau zu sprechen ist und er überreicht ihr das Telefon. Ich vertraue mich ihr komplett an und schütte ihr mein Herz aus. Sie tröstet mich und bestärkt mich darin, mich stationär einweisen zu lassen. Nach diesem Erlebnis ist mir auch klar, dass es wahrscheinlich das Beste für mich ist.

5

Mein Telefon klingelt und ich gehe ran. Die junge Psychologin ist am Telefon und möchte von mir erfahren, wie es mir geht. Ich erzähle ihr, dass ich mehr oder weniger zurechtkomme und mich dazu entschieden habe, mich stationär in der MHH behandeln zu lassen. Sie bekräftigt mich darin und wir vereinbaren einen Aufnahmetermin für in zwei Wochen.

Am nächsten Tag in der Firma bitte ich meinen Chef um ein vertrauliches vier-Augen-Gespräch. Ich habe etwas Angst vor seiner Reaktion, denke aber, dass ich ihn vorher informieren muss. Zumindest empfinde ich das nur als fair, wenn ich schon mindestens sechs Wochen der Arbeit fernbleiben werde. Thorsten meint, dass er das alles schon ohne mich geschafft bekommt und bestärkt mich auch in meinem Entschluss. Bisher habe ich nur Zustimmung bei meinem Vorhaben erfahren. Hoffentlich würde das bei dem kommenden Gespräch nun nicht anders werden.

Ich klopfe an die Tür von meinem Chef. Auf dem Türschild steht „Herr Leitner".

Ich höre eine Stimme, die mich hereinruft, und öffne die Tür. Er deutet auf den Stuhl gegenüber von seinem Schreibtisch und ich nehme nervös darin Platz.

„Bitte, Frau Mai, was kann ich für Sie tun?"

Ich erzähle ihm zum ersten Mal grob von meinen Problemen und dass ich nun vorhabe dies professionell behandeln zu lassen. Dann erzähle ich von dem geplanten Krankenhausaufenthalt. Seine Reaktion überrascht mich.

„Ich glaube, das ist eine wirklich gute Idee, Frau Mai. In der Tat sind uns hier in letzter Zeit vermehrt gewisse Sachen aufgefallen. Ich wollte Sie demnächst sowieso damit konfrontieren. Umso besser, dass Sie nun auf mich zukommen. Natürlich wird ihre Arbeitskraft hier fehlen und wir müssen schauen, wie wir Sie ersetzen können. Ich werde Sie ab heute zusätzlich bezahlt freistellen. Ich möchte nicht, dass Sie in dem Zustand hier weiterarbeiten, da ich das auch nicht verantworten kann. Werden Sie wieder gesund!"

Erleichtert verlasse ich den Raum und gehe zurück in meine Abteilung, wo mich Thorsten nochmal umarmt und mir gute Besserung wünscht. Ich verabschiede

mich von allen Kollegen und verlasse das Firmenge-
bäude zum vorerst letzten Mal für längere Zeit. Es
fühlt sich etwas komisch an und ich fahre leicht be-
trübt nach Hause.

Als ich meine Wohnung betrete, trifft mich beinahe
der Schlag. Alle meine Habseligkeiten liegen kreuz
und quer in der Wohnung verstreut. Wurde ich etwa
Opfer eines Raubüberfalls? Die Wohnung war doch
verschlossen und die Fenster sind auch alle zu. Ver-
wirrt laufe ich durch die Wohnung und sehe viele mir
unbekannte Gegenstände daliegen. Woher kommen
diese Sachen und warum liegen sie in meiner Wohnung verstreut herum? Die einzige, die einen Ersatz-
schlüssel hat, ist Lisa. Ich rufe sie sofort an und frage,
ob sie eben bei mir war und hoffe insgeheim, dass
dem so ist. Sie verneint aber und sagt, dass sie sofort
herkommt. Keine zehn Minuten später ist sie da und
sieht das Chaos.

„Meinst du denn, jemand war in der Wohnung?",
fragt sie mich von der Seite.

„Ich weiß es nicht, Lisa. Ich war es nicht. Ich war doch
gar nicht zu Hause und bevor ich gegangen bin, war
noch alles in Ordnung. Es liegen hier auch ein paar
Sachen herum, die gar nicht mir gehören."

„Du solltest dir eine Überwachungskamera installie-
ren. Warte mal, ich habe eine Idee, wie wir etwas her-
ausfinden können. Wann bist du hier losgegangen?"

„So wie immer, wenn ich in die Arbeit gehe, Viertel
vor acht. Ich habe sogar noch auf die Uhr geschaut."

„Hat dich zu der Zeit möglicherweise jemand gesehen?"

„Ich kann mich leider nicht mehr erinnern. Wenn ich ehrlich bin, kann ich mich noch nicht mal daran erinnern, die Wohnung verlassen zu haben."

Lisa überlegt kurz und erinnert sich an meine gute Nachbarin, die sonst auch immer ein Auge auf alle Geschehnisse im Haus hat. Just in dem Moment verlässt sie die Wohnung und klingelt bei Rebecca. Ich sehe im Flur, dass sie sich unterhalten und Lisa fragt, ob sie heute früh vielleicht rein zufällig mir begegnet ist.

„Tatsächlich habe ich sie kurz getroffen, als ich mit meinem Waldi Gassi gehen wollte. Ich war ganz überrascht, denn normalerweise verpassen wir uns immer in der Früh. Das war auch ganz komisch, sage ich Ihnen. Zum einen war sie heute deutlich später als sonst dran – ich würde sagen, es war so gegen halb neun Uhr. Und zum anderen war sie auch irgendwie sonderbar, um es mal gelinde auszudrücken."

„Was meinen Sie damit genau?", fragt Lisa nach.

„Na ja, normalerweise grüßen wir uns immer und quatschen immer noch ein wenig, aber diesmal war sie nur ganz kurz ab, hat nur einmal kurz ‚Hallo', gesagt und ist sofort weitergelaufen. Ich dachte, sie ist vielleicht spät dran. Sie wirkte sehr zerstreut auf mich und irgendwie hektisch."

Als ich das höre, fühle ich mich regelrecht bestürzt. Es war also kein Einbrecher, sondern ich selbst habe die-

ses Chaos verursacht. Ich habe also eine Erinnerungs-
lücke von rund 45 Minuten, in denen ich hier einen
Tumult veranstaltet habe. Aber warum? Wonach
habe ich gesucht? Warum habe ich die Wohnung
buchstäblich auf den Kopf gestellt? Alles Fragen, die
mir nun im Nachhinein keiner beantworten kann. Ich
beschließe zum nächstgelegenen Elektronikmarkt zu
fahren und mir eine Überwachungskamera zu kau-
fen. Ich möchte wissen, was genau mit mir in solchen
Momenten geschieht. Bis zu dem Einweisungstermin
sind es immerhin noch knapp zwei Wochen. Solange
kann und will ich nicht tatenlos herumsitzen, vor allem da ich jetzt viel Zeit habe, weil ich nicht mehr arbeiten muss.

Die Auswahl im Elektronikmarkt überrascht mich
und ich rufe Stefan an, der sich mit Technik auskennt.
Er berät mich und ich kaufe ein passendes Modell. Er
verspricht morgen Nachmittag zu mir zu kommen
und mir zu helfen diese anzubringen.

Am nächsten Tag steht die Kamera bereit. Ich merke,
wie sie mich etwas nervös macht und fühle mich in
den eigenen vier Wänden regelrecht beobachtet.

Die nächsten Tage passiert nichts Ungewöhnliches
und ich bereue bereits die Kamera gekauft zu haben.
Ich habe so viel Geld ausgegeben und jetzt scheint alles normal zu sein. Ich überlege sogar den Termin im
Krankenhaus abzusagen. Die letzten Tage hatte ich
keinerlei Zeitverluste oder Aussetzer. Vielleicht war
alles doch nur stressbedingt. Ich verdränge den Ge-

danken sofort, als mein Blick auf den psychologischen Bericht und die Ersteinschätzung fällt. Die Fachleute können sich doch nicht so irren. Vielleicht ist Stress ja sowas wie ein Auslöser und jetzt wo ich nicht arbeiten muss, ist alles in Ordnung. Ich beschließe heute früher schlafen zu gehen und lese noch vorm Einschlafen ein paar Seiten in meinem Buch.

Plötzlich werde ich nachts von einem ungewohnten Geräusch wach. Ich schleiche mich leise ins Wohnzimmer und stolpere dabei fast über meine schwarze Katze, die sich laut miauend aus dem Staub macht. Was war das nur für ein Geräusch? Ist jetzt vielleicht doch ein Einbrecher hier? Ich mache alle Lichter an und entdecke einen handgeschriebenen Brief auf dem Couchtisch. Die Handschrift ist definitiv nicht meine und ich bekomme Angst. Ich lese den Brief laut vor:

Liebe Frau Klinger, ich danke Ihnen nochmal für die psychologische Einschätzung meiner Lage. Leider kann ich doch nicht zum geplanten Aufnahmetermin kommen und möchte die Therapie an dieser Stelle abbrechen. Ich danke für Ihre Zeit und Mühe und entschuldige mich für damit entstandene Unannehmlichkeiten. Mit freundlichen Grüßen, Mia Hase.

Mia Hase? Wer zum Teufel ist Mia Hase? Das sind meine ersten Gedanken, als ich den Brief lese. Und warum schreibt sie das an die Psychologin der MHH? Vor allem, warum liegt dieser Brief hier überhaupt herum? Ich stürze mich auf die Überwachungskamera und erschaudere beim Anblick der vergangenen halben Stunde.

Ich sehe, wie ich nachts im Dunkeln das Wohnzimmer, mit einem Blatt Papier und Kugelschreiber bewaffnet, betrete und im Mondlicht augenscheinlich selbst diese Zeilen verfasse. Dann stehe ich erneut auf und gehe Richtung Schlafzimmer, wo ich mich wieder ins Bett lege. Da die Kameraaufzeichnung leider ohne Ton ist, kann ich das aufschreckende Geräusch nicht mehr identifizieren. Ich gehe im Nachhinein davon aus, dass mein Kater Mephisto die nun auf dem Boden befindliche Dekofigur umgeworfen hat.

Ich empfinde die Aufnahme als äußerst verstörend und lege mich wieder in mein Bett.

Wieso Mia Hase? Ich bin doch Sarah Mai. Oder etwa doch nicht? Wer bin ich? Meine Gedanken drehen sich im Kreis und ich schlafe wieder ein.

6

Nach etwa eineinhalb Wochen ist es fast so weit – ich soll zur Aufnahme in die MHH gehen. Davor muss ich aber noch meinen Koffer packen, was mich vor unerwartete Herausforderungen stellt. Was nehme ich nur mit? Ich recherchiere im Internet und lese die unterschiedlichsten Empfehlungen. Ich entschließe mich, meine mittelgroße Reisetasche zu nehmen. Man wird ja hoffentlich zwischendurch mal waschen können; oder ich bitte dann Lisa, dass sie mir ein paar neue Sachen mitbringt und die alten zum Waschen mitnimmt. Das geht dann bestimmt. Ich packe also ein paar leichtere und ein paar wärmere Sachen ein, meine Kultursachen und noch ein paar Bücher, in der Hoffnung auch mal etwas lesen zu können.

Ich bringe meine Katze bei Lisa vorbei; zum Glück kann sie diese aufnehmen. Ich wüsste sonst nicht, was ich machen würde. Bei der Gelegenheit bitte ich sie auch ab und zu ein Auge auf meine Wohnung zu werfen und vielleicht auch mal die Blumen zu gießen.

Ein paar Tage später ist es dann endlich so weit. Ich fahre mit gepackter Kliniktasche los. Als ich das Haus verlasse, erblicke ich Lisa und Stefan, die nochmal gekommen sind, um sich von mir zu verabschieden. Das sind wirklich meine allerbesten Freunde und ich bin sehr dankbar, dass ich sie habe. Sie begleiten mich bis zur U-Bahn und dann umarmen wir uns nochmal. Sie versprechen mich regelmäßig zu besuchen und bestärken mich ein letztes Mal in meinem Entschluss. Ich steige in die U-Bahn und winke Ihnen noch, bevor die Türen sich schließen. Jetzt gibt es kein Zurück mehr. Ich würde das tatsächlich durchziehen. Ich spüre wie ich immer nervöser werde und versuche mich innerlich zu beruhigen, um nicht wieder einen Aussetzer zu bekommen. Ich merke allerdings, wie mir langsam wieder die Situation entgleitet und ich nicht mehr mein eigener Herr bin. Ich fühle mich diesem Gefühl komplett machtlos ausgeliefert und schließe die Augen.

Als ich wieder zu mir komme, stehe ich erneut vor meiner Wohnung und frage mich, wie ich wieder dahin gelangt bin. Ich prüfe, ob ich wenigstens noch meine Tasche bei mir habe und stelle erleichtert fest, dass diese noch neben mir steht. Entnervt rufe ich mir ein Taxi und lasse mich auf direktem Wege zur Klinik bringen.

Als ich die Klinik betrete, fühle ich mich bereits ausgelaugt und erschöpft. Ich merke, wie mich meine „Zeitverluste" zunehmend beschäftigen und Kraft kosten. Ich bin wirklich froh nun hier zu sein und gehe direkt zum Aufnahmeschalter. Die freundliche Dame beschreibt mir nochmal, wo ich hingehen muss. Meine Station liegt am anderen Ende der Klinik und so mache ich mich zum zweiten Mal nach dem Erstgespräch auf den Weg.

Als ich schließlich ankomme, werde ich nach der Anmeldung auf mein Zimmer geführt. Es handelt sich um ein 2-Bett-Zimmer. Ich bin nicht gerade begeistert, erfahre aber von der Krankenschwester, dass ich tatsächlich noch Glück habe, da die meisten Patienten in 4-Bett-Zimmern untergebracht sind.

Meine Zimmergenossin scheint aktuell nicht da zu sein. Das kommt mir ganz gelegen, denn so habe ich etwas Ruhe und Zeit mich ungestört zu akklimatisieren und einzurichten. Das Zimmer an sich ist relativ spartanisch eingerichtet. Es gibt zwei Holzbetten, die in den unterschiedlichen Zimmerecken liegen und dazwischen ein paar leere Regale und zwei Kleiderschränke. Es gibt eine eigene Toilette mit Handwaschbecken, aber dafür kein Bad. Wer duschen will, muss das Gemeinschaftsbad nutzen, wovor ich mich im ersten Moment ein wenig ekele. Immerhin hatte ich dieses Vergnügen das letzte Mal im Jugendferiencamp und dachte, dass ich diese Zeiten eigentlich hinter mir gelassen habe. So kann man sich irren. Meine Zimmernachbarin hat das Bett, das näher am Fester steht und das ich auch lieber hätte. Aber gut, wer zuerst kommt, mahlt zuerst und ich bin hier nun mal die Zweite. Ich nehme also das Bett, das Richtung Gang schaut und lege mich erstmal hinein. Die Matratze fühlt sich zu meiner Überraschung sehr gut an und ich habe etwas zarte Hoffnung, dass ich hier die nächsten Nächte trotz allem gut schlafen werde. Zum Glück habe ich mir noch Ohrenstöpsel mitgenommen, falls meine Zimmernachbarin schnarcht.

Plötzlich klopft es an der Tür und eine Krankenschwester tritt nach einer kurzen Pause herein. Sie überreicht mir das sogenannte Tagesblatt, in dem meine täglichen Kurse und Sitzungen vermerkt sind. Es geht also in einer Stunde mit einem ersten psychologischen Gespräch los. Danach habe ich wohl zwei Stunden Mittagspause und danach soll ich nochmal für eineinhalb Stunden zur Musiktherapie. Das Programm liest sich für mich fast wie im Urlaub und ich beginne mich hier langsam wohlzufühlen. Bisher ist einiges besser, als ich erwartet habe.

Gerade als ich das Zimmer verlassen will, um mir die Gemeinschaftsduschen anzuschauen, kommt die Krankenschwester auf mich zu und bittet mich nochmal ein paar letzte Formalitäten auszufüllen. Ich fülle also alles aus und mache mich sodann auf den Weg Richtung Sanitärbereich. Unterwegs gebe ich noch die ausgefüllten Blätter an der Rezeption ab.

Alles wirkt hier sehr sauber und ordentlich. Man hört entgegen aller Vorurteile keine Schreie und sieht auch keine typisch geisteskranken Menschen. Es ist sehr ruhig in der ganzen Etage. Ich komme endlich bei den Gemeinschaftsduschen an, die auf der komplett anderen Gangseite von meinem Zimmer aus liegen. Zum Glück habe ich meinen Bademantel eingepackt, denn ich würde nur sehr ungern, umwickelt mit einem Badetuch, durch den Gang huschen müssen. Die Duschen machen auch einen ordentlichen Eindruck – einfach, aber zweckmäßig.

Anscheinend sind alle in irgendwelchen Therapien oder irgendwo anders untergebracht, denn ich begegne tatsächlich, außer einem Krankenpfleger, niemandem auf der ganzen Etage. Ich empfinde die Atmosphäre als fast schon bisschen gespenstisch, als mich auf einmal eine Krankenschwester von der Seite anspricht, ob ich mich verlaufen hätte oder etwas suche. Ich verneine und gehe gleich zurück aufs Zimmer.

Als ich eintrete, bin ich nicht mehr alleine.

„Hallo, du musst meine neue Zimmernachbarin sein. Ich bin Sabrina, schön dich kennenzulernen", ruft mir eine freundliche und kräftige Stimme entgegen. Sie sitzt auf ihrem Bett und mustert mich genau. Ich würde sie auf etwa 35 Jahre schätzen. Sie ist etwas rundlich und trägt ihre langen braunen Haare zu einem strengen Dutt und dazu eine große Brille. Sie wirkt dabei sehr sympathisch auf mich, auch wenn ich weiß, dass das nur der erste Eindruck zu sein vermag.

„Hallo, ich bin Sarah", sage ich etwas verlegen. Mehr bringe ich in dem Moment nicht heraus.

„Schon okay, wir müssen uns jetzt nicht groß unterhalten. Ich bin mir sicher, wir werden uns schon noch richtig kennenlernen. Immerhin teilen wir uns ja jetzt ein Zimmer, oder?"

Ich bestätige ihre Aussage und hoffe, dass sie es erstmal dabei belässt. Vielleicht ist sie auch genauso unsicher wie ich und versucht es nur zu überspielen. Ich frage mich, was sie wohl hierherführt. Bis auf die forsche Art wirkt sie eigentlich relativ normal. Andererseits überlege ich, dass man mir meine Erkrankung wahrscheinlich auch nicht gerade an der Nasenspitze ansieht.

Ich schaue auf die Uhr und merke, dass es Zeit für mein Gespräch mit der Psychologin ist. Ich freue mich bereits darauf, Frau Klinger wiederzusehen und gehe den langen Gang entlang bis zum Zimmer 307.

7

Ich trete in das Zimmer ein und werde völlig überraschend von einem unbekannten Mann empfangen.

Er stellt sich mir als Dr. Hansen vor und sagt, dass er heute das psychologische Gespräch mit mir führt. Ich frage nach Frau Klinger, bekomme jedoch die Antwort, dass diese heute freihat und er mir zugeteilt wurde. Ich bin nicht gerade begeistert, hatte ich doch schon zu Frau Klinger sowas wie erstes Vertrauen gefasst.

Er sieht sich die Notizen in meiner Akte an und ich merke, wie mich das nervös macht. Ich möchte wieder wissen, was da über mich steht und rutsche auf meinem Stuhl herum.

„Frau Mai, ich würde Ihnen gerne ein paar Fragen zu Ihren, wie sagen Sie so schön, Zeitverlusten, stellen."

Ich willige ein und nehme mir vor, ihm eine Chance zu geben. Ist ja auch nicht seine Schuld, dass seine Kollegin heute verhindert ist und ich möchte ja auch, dass es mir schnell bessergeht.

Er stellt mir Fragen zu dem, seit wann ich das bewusst habe und wie sich diese Zeitverluste und Identitätswechsel anfühlen. Ich versuche alles so gut wie möglich zu beantworten und merke, wie ich dabei selbst immer wieder an meine Grenzen stoße und einfach keine wirkliche Antwort weiß.

Dr. Hansen gibt mir aber nach jeder Antwort ein gutes Gefühl und meint, dass ich gar nichts falsch sagen kann, was mich ermuntert weiter zu erzählen.

„Gut, Frau Mai, wir sind jetzt am Ende des Gesprächs angekommen. Ich muss sagen, ich bin beeindruckt, wie weit Sie mit Ihrer Erkrankung sind und wie viel Sie schon darüber wissen. Immerhin sprechen Sie schon von Zeitverlusten und Identitätssprüngen. Letzteres vermuten Sie, womit Sie nicht verkehrt liegen. Nach unserer Einschätzung leiden Sie an der sogenannten Dissoziativen Identitätsstörung. Das heißt, sie haben mehrere Persönlichkeitsanteile in sich, die alternierend die Kontrolle über Ihr Verhalten übernehmen, wobei sie diese Wechsel weitgehend unbewusst durchlaufen. Unser Ziel im Zuge der Therapie ist es nun, die verschiedenen Anteile herauszuarbeiten und im Idealfall in eine Gesamtpersönlichkeit zu integrieren. Wir möchten, dass Sie am Ende der Therapie zumindest so weit sind, dass Sie die Wechsel ein Stück weit bewusster steuern können."

Ich bin erstaunt über das, was er mir erzählt und finde das alles sehr verwirrend.

„Heißt das, dass diese Wechsel nie ganz aufhören werden?", hacke ich nochmal nach.

„Das können wir Ihnen aus heutiger Sicht leider nicht versprechen. Wenn wir Glück haben, schaffen wir es, wie gesagt, die verschiedenen Persönlichkeiten in eine zu integrieren. Zumindest können wir Sie aber, unserer Erfahrung nach, soweit stabil bekommen, dass Sie diesen Wechseln nicht mehr unwillkürlich ausgesetzt sind."

Am Ende des Gesprächs bekomme ich noch kurz erklärt, wie es nun für mich weitergeht, wobei ich merke, dass meine Aufmerksamkeitsspanne erschöpft ist und ich gedanklich weg drifte. Als ich wieder zu mir komme, finde ich mich in meinem Bett liegend wieder. Ich fühle mich noch wie in Watte gepackt. Ich versuche aufzustehen und merke, dass ich meine Arme und Beine nicht bewegen kann, da sie mit einer Art Gurt fixiert sind.

Da erblicke ich meine Zimmernachbarin, was mich augenblicklich beruhigt.

„Sabrina?", wende ich mich an sie.

„Oh Mann, Gott sei Dank, du bist wieder wach", antwortet sie mir ganz aufgeregt.

„Was ist passiert?"

„Du weißt wirklich gar nichts mehr? Krass. Ich kann dir nur sagen, die letzte halbe Stunde war hier die Hölle los."

„Was meinst du damit und warum bin ich festgebunden?"

„Okay, pass auf, Süße. Du bist aus Zimmer 307 herausgerannt wie eine Furie, hast nur herumgeschrien und wolltest das Krankenhaus verlassen. Du hast dann einer Krankenschwester, die dich umstimmen wollte, ins Gesicht gespuckt. Das war richtig übel. So etwas haben wir hier auf Station noch nicht gehabt und ich war schon öfter hier. Jedenfalls hast du dich nicht beruhigen lassen, sodass du dann quasi eine

Notfall-Beruhigungsspritze bekommen hast, nachdem man dich fixiert hatte. Das war richtig filmreif, sage ich dir", erzählt mir Sabrina alles detailgenau.

Ich kann gar nicht glauben, was sie sagt, bin ich doch eigentlich sehr friedliebend. Ich würde doch keiner Fliege was zu leide tun. Anscheinend tickt ein Teil von mir ganz anders. Ich spüre, wie die Betäubung langsam nachlässt und Gefühle wieder in mir hochkommen. Gefühle von Scham und eine tiefe Traurigkeit über den dunklen Fleck in meiner Wahrnehmung. Plötzlich kommen eine Krankenschwester und ein Arzt ins Zimmer und fragen mich, wie es mir geht. Ich sage, dass ich mich wieder beruhigt habe. Noch nie in meinem Leben habe ich mich so gedemütigt gefühlt, wie in diesem Moment, gefesselt vor den Augen anderer, zu liegen. Ich kann eine Träne nicht unterdrücken und frage, ob sie mich vielleicht losmachen können, was sie auch umgehend tun.

Ich schaue auf die Uhr und merke, dass es schon Abend ist und ich meine erste Musiktherapiestunde bereits verpasst habe. Meine Zimmernachbarin mustert mich und sagt, als könnte sie meine Gedanken lesen: „Mach dir nichts draus. Das passiert hier allen mal. Also ich meine, dass man eine Therapiestunde verpasst. Das nimmt dir hier keiner Übel", versucht sie mich etwas aufzubauen.

„Das ist lieb von dir Sabrina, aber ich hätte nie gedacht, dass ich hier so eine demütigende Erfahrung machen würde. Und das schon am ersten Tag. Ich weiß einfach nicht, ob mein Atem lang genug für diese Therapie hier ist. Ich scheine ja sofort zu versagen", sage ich und breche in Tränen aus.

„Hey, alles halb so wild. Wirklich. Mach dir keinen Kopf, was die Anderen über dich denken. Du bist hier für dich, daran musst du immer denken. Du musst es hier niemandem recht machen und die können hier schon mit so etwas umgehen. Keiner wird hier mit dem Finger auf dich zeigen. Darf ich fragen, warum du hier bist?"

„Danke. Ich bin wegen einer sogenannten Dissoziativen Identitätsstörung hier, wie ich kürzlich erfahren habe. Und du?"

„Ich leide an einer Bipolaren Störung, auch bekannt als manisch-depressiv. Die ist bei mir Folge eines Traumas, lange Geschichte. Jedenfalls bin ich schon öfter hier gewesen; das ist mein, warte mal, ich meine, vierter Aufenthalt in diesem Jahr. Ich bin also auch nicht gerade ein leichter Fall", sagt Sabrina leicht selbstironisch. Ich bewundere, wie gut und leicht sie mit ihrer Krankheit umgehen kann. Mir fällt es noch nicht mal leicht, die Diagnose wirklich zu akzeptieren, geschweige denn zu verstehen.

Wenn ich nur wüsste, wann und warum diese Wechsel immer auftreten und wie ich das besser lenken kann. Aber dafür bin ich hier.

Ich nehme mir vor, härter an mir zu arbeiten, soweit das überhaupt möglich ist, und wirklich den Ärzten zu folgen. Ich kann und will so nicht mehr leben.

Am nächsten Tag sitze ich wieder Frau Klinger gegenüber. Die Scham über den Vorfall am Vortag mit ihrem Kollegen sitzt noch tief in mir drin. Ich weiß nicht, wie viel sie davon mitbekommen hat und male mir aus, was für ein Bild sie von mir haben muss. Ich wünsche, in meinem Sessel zu versinken.

„So Frau Mai, wie geht es Ihnen heute?"

„Danke, deutlich besser. Das mit ihrem Kollegen gestern tut mir wirklich leid. Ich …"

„Sie brauchen sich nicht zu entschuldigen. Niemand ist Ihnen böse und alles ist in Ordnung", beruhigt sie mich und ich denke sofort an Sabrinas Worte.

Und weiter: „Sie sind hier in einem geschützten Raum, wo Sie ganz ungezwungen sein können. Die nächsten Tage und Wochen werden Sie mit mir verbringen. Ich erzähle Ihnen zunächst etwas über Ihre Krankheit und helfe Ihnen bewährte Stressbewältigungsstrategien und sogenannte Alternativen zur „Flucht" zu entwickeln. Sie werden sehen, dass sie schon bald Fortschritte sehen werden. Daneben möchte ich, dass Sie zur Musiktherapie gehen. Ich und meine Kollegen, sind der Ansicht, das hilft Ihnen eine bessere Verbindung zu Ihrem Inneren aufzubauen und in sich hineinzuspüren. Als letzten Baustein haben wir die Traumatherapie auf dem Programm, wo wir uns mit Ihrer Vergangenheit auseinandersetzen. Da brauchen Sie keine Angst zu haben, da gehen wir ganz behutsam vor, so dass Sie nicht überfordert sein werden", erklärt Frau Klinger ausführlich.

Das hört sich für mich alles nach ganz schön viel Arbeit an, aber ich bin gewillt alles Notwendige zu tun.

Anschließend fragt mich Frau Klinger noch ein paar Sachen zu meinem Erleben gestern und ich berichte ihr noch von dem Brief von Mia Hase vor ein paar Wochen. Auf ihre Nachfrage hin, ob das den gestern Mia Hase war, kann ich ihr nur meine Vermutung aussprechen, dass ich glaube, dass sie es war, aber ich sonst keinen Bezug zu dieser Person habe. Sie belässt es erstmal dabei und wir verschieben das weitere Gespräch auf morgen Nachmittag, da die Stunde nun um ist.

8

Eine Woche später bin ich schon wesentlich weiter. Ich habe viel über meine Krankheit erfahren und auch meine beiden Persönlichkeitsanteile näher kennengelernt. Da gibt es zum einen mich, Sarah Mai, sozusagen meine „Hauptpersönlichkeit", die ich die meiste Zeit über darstelle. Zum anderen gibt es da noch Mia Hase. Das ist meine alternative Persönlichkeit, die sich vorrangig in Stresssituationen oder bei Erschöpfung zeigt. Sie ist eine junge, energische und sehr selbstsichere Frau, die öfter austickt, wenn ihr etwas gegen den Strich läuft. Sie nimmt kein Blatt vor den Mund und lässt sich nichts sagen. Auf der anderen Seite kann sie überaus charmant sein und ist sehr lebensfroh. Sie bildet einen Kontrast zu Sarah, die eher ruhig und zurückhaltend ist. Es gibt laut Frau Klinger wohl noch eine dritte Persönlichkeit, doch diesen Anteil haben wir noch nicht herausgearbeitet.

Ich gehe auch fleißig zur Musiktherapie, wo ich regelmäßig eine Verbindung zu meinem Inneren aufbauen kann. Ich fühle mich dann mir selbst näher und kann meine Gefühle ausleben. Das ist dann immer sehr befreiend. Mein Tag besteht also im Wesentlichen aus Gesprächstherapie, Musiktherapie und auch etwas Freizeit. Ich habe von den Ärzten auch ein leichtes Antidepressivum verschrieben bekommen, was mich besser schlafen und die ganze Therapie leichter nehmen lässt.

Als ich an diesem Nachmittag Frau Klinger gegenübersitze, erörtert sie mir, dass wir demnächst mit der Traumatherapie anfangen. Ich bin schon etwas nervös, da mich das wohl meiner mir weitgehend unbekannten Vergangenheit näherbringen wird und ich Angst davor habe, was da wohl zutage tritt. Frau Klinger meint allerdings, dass das unbedingt nötig ist, um das Trauma zu verarbeiten und die Persönlichkeitsanteile anschließend ineinander zu integrieren. Sie meint, alles hat seinen Ursprung in der Vergangenheit. Sie erzählt mir in dem Zusammenhang etwas von EMDR (engl. Eye Movement Desensitization and Reprocessing), was übersetzt so viel wie „Desensibilisierung und Verarbeitung durch Augenbewegungen" heißt und sie auch im Zuge der Therapie bei mir ausprobieren möchte.

Nach der Therapiestunde betrete ich mein Zimmer und sehe Sabrina ihre Sachen packen.

„Sag bloß, dass du schon wieder nach Hause gehst?"

„Tja, meine Zeit hier ist schon wieder um. Es war schön dich oder soll ich sagen euch kennenzulernen. Meine Nummer hast du ja. Melde dich doch mal, wenn du auch wieder zu Hause bist."

Ich verspreche mich zu melden und umarme sie ein letztes Mal. Ich hatte wirklich Glück mit ihr als meine Zimmernachbarin und habe etwas Angst davor, wer wohl als Nächstes kommt. Ich wünsche ihr noch alles Gute und dann ist sie auch schon weg und ich den Rest des Tages wieder alleine. Ein ungewohntes Gefühl. Wie schnell man sich doch daran gewöhnt, dass man nicht alleine wohnt. Die Gespräche werden mir fehlen und ich beschließe zur Ablenkung eine Runde im Garten spazieren zu gehen, ehe es mit der Musiktherapie weitergeht.

Am nächsten Tag sitze ich wieder mal bei Frau Klinger. Heute soll es so weit sein. Wir werden heute einen kleinen Ausflug in die Vergangenheit machen und ich spüre wie sich eine ungeahnte Panik in mir breitmacht. Ich spüre wie Mia Hase wieder nach vorne treten will und wende die bereits erlernte Ablenkungstechnik ein, indem ich dreimal auf einem Bein hüpfe und mich fest in den Arm kneife. Ich schließe meine Augen und atme dreimal tief ein und versuche an eine große grüne Wiese mit einem kleinen Hasen darauf zu denken. Ich konzentriere mich auf den Hasen und beobachte ihn ganz genau. Ich beschreibe alle Details und öffne danach wieder die Augen. Ich bin immer noch Sarah Mai. Ich bin stolz auf

46

mich, dass ich diesen Identitätssprung abwenden konnte und merke, dass auch Frau Klinger sehr zufrieden mit mir ist.

„Das haben Sie sehr gut gemacht, Frau Mai. Ich möchte noch, dass wir uns dem dritten Persönlichkeitsanteil gemeinsam nähern, von dem Sie meinen, dass er Sie willenlos und komplett hilflos macht. Dafür müssen Sie mir ein wenig von Ihrer Vergangenheit erzählen."

Ich erzähle, dass meine Eltern früh verstorben sind und ich bei meiner lieben Tante aufgewachsen bin und eine schöne Kindheit dort hatte. Dann berichte ich noch, dass meine Tante vor ein paar Jahren verstorben ist und ich in einem Heim aufgewachsen bin und dass es in Summe eine gute Zeit war. Ich merke, dass sie sich alles notiert, aber noch nicht ganz zufrieden ist, beziehungsweise ihr die Informationen noch nicht genug sind.

„Frau Mai, erzählen Sie mir mal ein wenig über Ihre verstorbenen Eltern. Wie alt waren Sie, als diese gestorben sind?"

„Meine Tante sagte, ich war da fünf Jahre alt. Ich kann mich da allerdings nicht mehr daran erinnern. Es ist, als gäbe es da eine, ich nenne es immer, unüberwindbare Erinnerungsmauer."

„Sie können sich an rein gar nichts mehr erinnern?", hackt sie nochmal genau nach.

„Nein, wirklich an nichts. Ich weiß noch nicht mal, wie sie ausgesehen haben. Meine Tante hatte mir nie ein Foto oder dergleichen gezeigt."

„In welchem Verwandtschaftsverhältnis standen Sie zu Ihrer Tante?"

„Es war eine Cousine meiner Mutter. Die beiden hatten davor allerdings schon jahrzehntelang keinen Kontakt mehr miteinander."

„Und es gab da nie ein Foto oder irgendeine Erzählung von ihr über Ihre Eltern?"

„Nein, wie gesagt, es war niemals ein Thema und ehrlich gesagt hat es mich auch nie sonderlich interessiert."

„Haben Sie sich schon mal gefragt, warum es Sie nie interessiert hat?"

Ich merke, wie mich ihre ständigen Nachfragen zunehmend fordern und komischerweise auch ärgerlich machen. Etwas Trotziges in mir scheint gerade hindurchzukommen.

„Ich weiß es wirklich nicht. Mehr kann ich Ihnen dazu nicht sagen."

„Haben Sie sonst noch eine Bezugsperson aus der damaligen Zeit, die wir eventuell heute noch befragen könnten?"

„Höchstens die Kindergärtnerin von damals."

Frau Klinger notiert sich den Namen des ehemaligen Kindergartens und bittet mich um Erlaubnis, die damalige Kindergärtnerin, Frau Meyerbach, ausfindig zu machen und eventuell für diesen Teil der Therapie hinzuzuziehen. Ich fühle mich verunsichert und weiß nicht, was das bringen soll, willige jedoch schlussendlich ein.

9

Zwei Tage später sitze ich mit Frau Meyerbach bei Frau Klinger in Zimmer 307.

Frau Meyerbach ist mittlerweile um die sechzig Jahre alt und wirkt dabei immer noch relativ jung und dynamisch. Wir schauen uns an und sie lächelt mich wohlwollend an. Ich bin gespannt auf das, was nun kommt.

„Vielen Dank, Frau Meyerbach, dass Sie sich so schnell Zeit nehmen konnten", fängt Frau Klinger das Gespräch an.

Danach fragt sie ein paar allgemeine Fragen und benötigt noch eine offiziell unterschriebene Einverständnis- und Vertraulichkeitserklärung von mir und von Frau Meyerbach. Nachdem alle Formalitäten und Allgemeinfragen geklärt sind, geht es auch schon mit der Therapie los.

„Frau Meyerbach, können Sie sich noch gut an Frau Mai als Kind erinnern? Wie alt war sie, als Sie sie zum ersten Mal trafen?"

„Ja, ich kann mich sogar sehr gut erinnern. Es ist schön zu sehen, dass sie zu so einer bildhübschen jungen Dame herangewachsen ist. Das war damals nämlich alles andere als selbstverständlich, also, dass alles so gut kommt."

„Inwiefern?", hakt Frau Klinger nach.

„Na ja, sie war gerade vier Jahre alt geworden, als sie in unseren Kindergarten kam und dabei völlig verstört wirkte. Das arme Ding hat nur schwarze Bilder gemalt und mit niemandem gesprochen."

Sie erzählt von meiner Zeit, bevor ich zu meiner Tante kam. Ich merke, wie sich etwas in mir innerlich verändert. Ich spüre das Gefühl von damals wie durch einen Schleier und merke wie ich wieder etwas in die damalige Zeit zurückgleite. Um keinen Wechsel zu haben, wende ich wieder die erlernten Techniken an, diesmal allerdings ohne rechten Erfolg. Frau Klinger und Frau Meyerbach fahren ungehindert fort. Vielleicht wollen sie ja genau das in mir bewirken.

„Haben sie Ihre Eltern in den Kindergarten gebracht?", will Frau Klinger von Frau Meyerbach wissen.

„Am Anfang ja. Das waren vielleicht Leute. Ich weiß nicht, inwieweit ich jetzt hier erzählen soll, aber da könnte ich Ihnen was zu sagen. Das würden Sie nicht glauben."

„Vielleicht erzählen Sie die Details ein bisschen später", versucht Frau Klinger zu bremsen, weil sie merkt, wie ich bereits meinen Kopf abstütze und mit mir kämpfe.

„Frau Mai, geht es Ihnen noch gut? Können wir noch fortfahren oder sollen wir eine Pause einlegen?", wendet sich die Psychologin an mich. Ich bedeute ihr fortzufahren, denn ich möchte auch mehr über die damalige, mir unbekannte Zeit, erfahren.

„Frau Meyerbach, Sie sagten, am Anfang wurde sie noch von ihren Eltern gebracht und was passierte danach?"

„Dann gab es eine längere Zeit, wo Sarah gar nicht mehr den Kindergarten besuchte. Ich weiß nicht, was in der Zeit mit ihr war, aber als sie dann wieder in den Kindergarten kam, da war sie bereits fünf Jahre alt. Sie wurde ab diesem Zeitpunkt von ihrer Tante gebracht und die Eltern habe ich seitdem nie mehr gesehen. Sarah machte auch erste Fortschritte, indem sie sich gegen Ende ihres fünften Lebensjahres langsam öffnete und auch nicht mehr ganz so düster malte. Ein introvertiertes Kind blieb sie dennoch die ganze Zeit über."

Nach diesem Satz spüre ich, wie mir die Situation, trotz meines Widerstandes, allmählich entgleitet. Ich sehe nur noch, wie sich die Münder von Frau Klinger und Frau Meyerbach bewegen, kann allerdings nichts mehr verstehen und sehe alles wie durch eine Blase. Ich habe das Gefühl neben mir zu stehen und zu betrachten, wie ich zusammengekauert in meinem Sessel sitze und an meinem Daumen sauge. In dem Moment hören die beiden Frauen auf zu sprechen und Frau Meyerbach verlässt den Raum. Ich sehe verschwommen, wie Frau Klinger sich über mich beugt und höre zunehmend ihre Stimme: „Frau Mai, hören Sie mich?"

Ich komme langsam wieder in meinen Körper zurück und zu mir. Frau Klinger schaut mich an und notiert sich etwas in ihrem Notizbuch.

„Frau Mai?", fragt sie mich vorsichtig.

„Ja, ich bin, glaube ich, wieder hier."

„Können Sie mir sagen, wo Sie waren?"

Ich beschreibe ihr, dass ich hier gewesen bin und doch wie außer mir war. Sie sagt mir, dass das Gespräch zwischen ihr und Frau Meyerbach wohl etwas in mir ausgelöst hat, dass mich fernab von Sarah Mai und Mia Hase gebracht hat. Sie möchte wissen, wie ich mich in der Situation genau gefühlt habe und ich beschreibe ihr, dass ich mich komplett hilflos gefühlt habe, wie innerlich betäubt. Sie erzählt mir, dass ich gestottert und an meinem Daumen gesaugt habe und meint, dass es wohl die dritte Persönlichkeit eines Kindes ist. Ich bin ganz baff und erkundige mich nach Frau Meyerbach. Sie sagt, dass sie morgen wiederkommt und wir da weiter fortfahren.

Am nächsten Tag sitzen wir wieder zu dritt im Therapieraum. Heute soll es um meine Eltern gehen und darum, was wohl zur damaligen Zeit passiert ist. Ich habe Angst wieder in meine Kinderpersönlichkeit zurückzufallen, beschließe aber mich dem erneut zu stellen.

Frau Meyerbach erzählt von meinen Eltern und dass diese damals sehr grob mit mir umgegangen sind.

„Sie hatte öfters blaue Flecken am ganzen Körper und es gab jedes Mal eine Erklärung dafür. Irgendwann konnten wir das nicht mehr wirklich glauben und beschlossen das Jugendamt zu informieren. Sie war definitiv nicht altersgerecht entwickelt, stotterte oftmals und nuckelte an ihrem Daumen herum – also eigentlich genau wie gestern gegen Ende der Therapiestunde", führt Frau Meyerbach aus und schaut mich dabei mitleidig an. Ich spüre, wie mir plötzlich ganz schwindelig wird und sich der ganze Raum zu drehen beginnt. Plötzlich überkommen mich extreme Gefühle von Trauer und Wut und ich fange an zu schreien: „Hören Sie sofort auf! Sie wissen doch gar nichts über mich, verdammt noch mal!"

Frau Meyerbach schaut mich ganz entsetzt an und die Psychologin bedeutet ihr ruhig zu bleiben. Ich renne aus dem Raum und Frau Klinger läuft mir hinterher. Als sie mich wieder einfängt, falle ich ihr schluchzend in die Arme.

„Es ist gut, dass Sie das herausgelassen haben, Frau Mai. Wahrscheinlich haben die Ausführungen von Frau Meyerbach einen wunden Punkt bei Ihnen getroffen. Das ist vollkommen natürlich in dieser Situation und Sie brauchen sich nicht zu schämen."

Als wir in den Therapieraum zurückkehren ist Frau Meyerbach verschwunden und ich setze mich zurück in meinen Sessel.

„Frau Mai, versuchen Sie bitte mal sich gedanklich aktiv in diese Kindergartenzeit zurückzuversetzen, in der Sie hilflos ausgeliefert waren. Was für Gefühle spüren Sie dann? Was geht in Ihnen vor?"

„Ich fühle eine tiefe Ungerechtigkeit, dass mir sowas von meinen Eltern angetan wurde. Ich spüre wieder diese Flecken und ich erinnere mich wieder. Es tut so unheimlich weh", erzähle ich ihr weinend.

„Ihnen ist viel Ungerechtigkeit widerfahren, zu einer Zeit, in der Sie hilflos und verletzlich waren. Es ist nur logisch, dass Sie zu ihrem eigenen Schutz alternative Persönlichkeiten entwickelt haben, denn sonst wären Sie daran zugrunde gegangen; dass sich diese Persönlichkeiten herausgebildet haben, hat Ihnen das Leben gerettet. Können Sie mir vielleicht sagen, wer dieses kleine stotternde Kind ist? Wissen Sie das? Können Sie da so weit in sich hineinspüren?"

Ich schließe die Augen und versuche, mich in die damalige Zeit zurückzuversetzen. Ich merke wie ich mir wieder selbst entgleite und spüre die Wunden von damals. Ich weine und zittere am ganzen Körper.

„Ich bin Lea Wolf."

„Wie alt bist du, Lea?"

„Ich bin fünf Jahre alt."

„Wo bist du, Lea?"

„Ich bin in einem dunklen Raum und es ist kalt. Ich sehe eine dunkle Gestalt, die sich über mich beugt … alles ist schwarz, ich habe solche Schmerzen. Es tut so weh", erzähle ich stotternd und falle plötzlich in Ohnmacht.

Als ich wieder zu mir komme, liege ich immer noch auf dem Boden und Frau Klinger sitzt neben mir. Sie schaut mich an und legt einen Arm auf meine Schulter. Ich reiße die Augen weit auf und setze mich hin.

„Das war sehr gut, Frau Mai. Ich denke, für heute haben wir genug gesprochen. Wir fahren morgen fort. Jetzt erholen Sie sich erstmal."

Sie ruft eine Krankenschwester, die mich aufs Zimmer begleitet. Den Rest des Tages habe ich frei. Ich muss an die frische Luft und beschließe eine Runde spazieren zu gehen, um das Erlebte irgendwie zu sortieren.

Am nächsten Tag, als ich vom Frühstück in mein Zimmer komme, merke ich plötzlich, dass sich etwas verändert hat. Ein fremder Koffer steht neben dem Bett gegenüber und eine kleine hellbraune Damenjacke liegt auf dem Regal. Das kann nur bedeuten, dass ich wieder eine Zimmernachbarin habe. Wahrscheinlich ist sie gerade bei der Anmeldung, die Formalitäten abzugeben oder schaut sich gerade um. Ich trete mit einem Fuß auf den Gang und blicke nach links und rechts, kann aber niemanden entdecken. Ich gehe also zurück in mein Zimmer und lege mich kurz auf mein Bett. Ich hoffe, dass die Neue mindestens genauso nett ist wie Sabrina, die ich immer noch vermisse. Plötzlich geht die Tür auf und eine kleine jüngere Frau tritt herein. Sie ist spindeldürr und schaut mich mit großen Augen an.

„Hallo, ich bin Sarah. Du bist dann wohl meine neue Zimmernachbarin. Wie heißt du?", spreche ich sie direkt von der Seite an.

„Anja", antwortet sie schüchtern.

„Freut mich, dich kennenzulernen. Mach es dir gemütlich, wir können uns ja später noch etwas unterhalten", sage ich ganz selbstbewusst und merke wie ich mich mittlerweile selbst so wie Sabrina damals anhöre. Das macht wohl der Aufenthalt mit einem, dass man sich nach und nach richtig heimisch und selbstbewusst fühlt. Ich stehe auf, verlasse das Zimmer und mache mich auf den Weg zu Frau Klinger.

Heute steht EMDR auf dem Therapieplan. Das ist eine Therapieform, bei der man sich gedanklich in die traumatische Situation hineinversetzt und dabei mit den Augen dem sich bewegenden Finger des Therapeuten folgt. Das soll angeblich helfen, die traumatischen Bilder von den belastenden Gefühlen zu entkoppeln. Ich bin schon ganz gespannt.

Als ich Frau Klinger gegenübersitze und sie damit anfängt, merke ich wieder, wie alleine das Sprechen über die belastende Vergangenheit, mir Schmerzen bereitet und mich zu einem Wechsel triggert. Ich versuche mithilfe der erlernten Technik aber bei meiner Hauptpersönlichkeit zu bleiben, was mir definitiv nicht leichtfällt. Ich sehe dunkle Schatten vor meinem inneren Auge und fühle mich sehr bedrückt. Dabei folge ich dem Finger von Frau Klinger von links nach rechts und wieder zurück. Ich merke, wie das Unwohlsein ganz langsam nachlässt und ich im Hier und Jetzt bleibe. Anschließend unterhalten wir uns noch eine Weile und dann ist die Therapiestunde für heute auch schon wieder vorbei. Auf meine Nachfrage hin, ob Frau Meyerbach nochmal kommt, erklärt mir Frau Klinger, dass dieser Teil der Traumatherapie bereits abgeschlossen ist und wir demnächst mit der Integration der drei Persönlichkeitsanteile beginnen wollen – dazu gehört zum einen meine Hauptpersönlichkeit, Sarah Mai, die alles steuert; dann gibt es da noch Mia Hase, die immer als Retterin in der Not in Erscheinung tritt, wenn mir alles zu viel wird; und schließlich noch die kleine Lea Wolf, die die ganzen Torturen ertragen musste, damit ich das überleben konnte.

10

Zwei Wochen später sitze ich Frau Klinger zum Abschlussgespräch gegenüber und blicke sie voller Dankbarkeit an. Ich habe in den letzten Wochen so viel über mich selbst erfahren, wie nie zuvor. Ich habe erfahren, dass ich als Kind von meinen Eltern missbraucht und weggesperrt wurde und dass ich drei Persönlichkeitsanteile besitze. Ich habe gelernt, die selten gewordenen Wechsel bewusster zu erleben und sogar zu steuern. Meine Zeitverluste beschränken sich so mittlerweile auf ein Minimum. Ich habe es noch nicht ganz geschafft, alle drei Persönlichkeitsanteile in einer vollständig zu integrieren, aber ich arbeite daran. Ich soll nach dem Krankenhausaufenthalt weiter in ambulante Therapie gehen und habe dafür auch schon einen Platz bei mir in Wohnortnähe vermittelt bekommen.

„So Frau Mai, Sie sind hier am Ende Ihres Aufenthalts angelangt. Ich finde, Sie haben tolle Fortschritte gemacht und sind sich selbst ein Riesenstück nähergekommen. Sind Sie selbst denn zufrieden mit dem Ergebnis Ihrer Therapie oder haben Sie noch Wünsche oder Anregungen?", fragt mich Frau Klinger.

„Ich bin Ihnen vor allem sehr dankbar. Ohne Ihre Hilfe hätte ich das alles niemals geschafft", sage ich und merke, wie sich eine Träne in meinem Auge den Weg nach draußen bahnt.

Ich hätte tatsächlich nie gedacht so weit zu kommen und so viel an Lebensqualität dazu zu gewinnen, auch wenn es teilweise wirklich ein harter Weg war.

„Sie haben gelernt, Stressbewältigungsstrategien erfolgreich anzuwenden und Wechsel bewusst zu steuern. Diese beschränken sich nun auf Extremsituationen, die Ihnen hoffentlich weitgehend erspart bleiben", fährt Frau Klinger fort.

„Das heißt, wir sehen uns dann gar nicht mehr?", frage ich traurig nach.

„Ihre Zeit hier ist leider um und damit auch unsere gemeinsame Zeit. Aber wie gesagt, Sie werden ambulant von einer ganz lieben Kollegin von mir weiterbetreut, sodass Sie sich keine Sorgen machen müssen. Wir lassen Sie auf jeden Fall nicht im Stich", versucht mich Frau Klinger aufzumuntern. Ich merke jedoch, wie sehr ich sie vermissen werde und spüre, dass es nicht mehr dasselbe sein wird. Ich muss mich nun verabschieden und umarme sie ein letztes Mal ganz fest. Sie ist nicht nur meine Psychologin, sondern zu einer richtigen Vertrauensperson hier geworden. Ich weine und sie reicht mir ein Taschentuch. Dann überreicht sie mir noch ein paar Berichte und ich verlasse das Zimmer 307 zum vorerst letzten Mal. Schon komisch – lange habe ich mir nichts sehnlicher gewünscht, als alles endlich hinter mir zu haben und jetzt wo ich offiziell fertig bin, empfinde ich so etwas wie Wehmut.

Ich gehe in mein Zimmer, um meine Sachen zu packen, denn in zwei Stunden werde ich von Lisa und Stefan abgeholt. Als ich dieses betrete, sehe ich Anja auf dem Boden sitzen und weinen.

„Hey, was ist denn los? Wieso weinst du?"

„Ich habe solche Angst, dass du gehst. Ich weiß nicht, wie ich hier ohne dich zurechtkommen soll. Ich weiß nicht, wer hier als Nächstes in dieses Zimmer kommen wird und diese Unsicherheit macht mich fertig."

In den letzten zwei Wochen haben wir uns richtig angefreundet und ich habe Anjas stille Art auch sehr zu schätzen gelernt. Umgekehrt, habe ich das Gefühl ihr hier auch sehr weitergeholfen zu haben. Ich habe ihr alles gezeigt und sie überall eingeführt, bin gefühlt zu einer Art großen Schwester im Klinikalltag für sie geworden. Ich erinnere mich nun an Sabrina und wie schwierig es mir damals auch viel, als sie gehen musste und kann Anjas Gefühle komplett nachvollziehen. Ich versuche sie aufzumuntern und berichte ihr von meinen Erfahrungen. Ich habe das Gefühl, dass sie sich beruhigt.

Plötzlich fällt sie mir um den Hals. So einen Gefühlsausbruch habe ich von ihr vorher nie gesehen, aber wie heißt es so schön, stille Wasser sind tief.

Als ich fertig gepackt habe, verabschieden wir uns und ich trete aus dem Zimmer. Ich drehe mich noch ein letztes Mal um und blicke hinein. Ich stelle fest, dass mir das alles hier tatsächlich fehlen wird; vor allem die tägliche Routine, an die ich mich bereits fest gewöhnt habe. Ich habe etwas Angst davor, in meinen Alltag zu Hause zurückzukehren und wohl auch davor, zurück in alte Muster zu verfallen, obwohl ich genau weiß, dass ich dafür gut gewappnet bin. Trotzdem ist es ein komisches Gefühl, das alles hier nun hinter sich zu lassen. Ich gehe zur Anmeldung und fülle die letzten Formalitäten für die Abreise aus. Danach gehe ich ein letztes Mal durch den langen Gang Richtung Ausgang, wo die Sonnenstrahlen durch die Glastüren hindurchscheinen.

Draußen am Eingang warten bereits meine Freunde auf mich. Als sie mich erblicken, laufen sie auf mich zu und wir fallen uns in die Arme. Ich merke jetzt erst, wie sehr ich Lisa eigentlich vermisst habe.

Wir fahren in meine Wohnung. Als ich diese zum ersten Mal betrete, kommt mir bereits mein Kater Mephisto freudig entgegen. Er schnurrt und schmiegt sich um meine Beine und ich spüre, dass mir ganz warm ums Herz wird. Auch er hat mir die letzten Wochen gefehlt. Trotzdem fühlt sich alles noch ungewohnt und fremdartig an.

„Wir lassen dich jetzt vielleicht mal ein bisschen alleine, damit du dich wieder an alles gewöhnen kannst", sagen meine Freunde zu mir.

Wir verabreden uns zum Telefonieren für später und dann sind sie auch schon weg.

Nun stehe ich also da und weiß eigentlich nichts mit mir anzufangen. Was mache ich denn nun eigentlich hier? Ich fühle mich so hilflos wie ein kleines Kind allein im Wald. Ich spüre, wie hart mich die Realität gerade trifft. Es bahnt sich wieder etwas in mir an, aber ich schaffe es mühelos bei mir zu bleiben.

Schon komisch, jetzt wo ich ganz normal zu leben scheine, hadere ich mit den neuen Gegebenheiten.

Aus irgendeinem irrationalen Grund vermisse ich plötzlich schmerzlich die bildhafte Omnipräsenz meiner anderen Persönlichkeitsanteile, die immer noch tief in mir drin sind. Jetzt, wo sie nicht mehr selbständig das Kommando übernehmen, fühle ich einerseits eine ungewohnte Eigenverantwortlichkeit für mein Leben und andererseits eine tiefe Einsamkeit in mir selbst drin.

Wenn mich jemand fragt, wer ich bin? Ich bin Sarah Mai.

Ich beschließe eine Runde spazieren zu gehen. Ich trete aus der Wohnung in den Flur und schließlich nach draußen, blicke in den leicht bewölkten Himmel und fange an, die Wolken zu zählen.

„Was man nicht annimmt, kann man nicht ändern." (Carl G. Jung)